KB084450

아라라트 산

A r a r a t

아라라트 산

루이즈 글릭 시집
정은귀 옮김

시공사

……인간의 본성은 원래 하나였고 우리는 하나의 전체였다,
그리고 전체를 향한 욕망과 추구를 사랑이라 한다.
　　　　　　　　　　　　　　　　—플라톤

차
례

파라도스

Parados

오래 전, 나는 상처를 입었다.

나는 배웠다,

그 반작용으로, 세상과

단절해서

존재하는 법을: 내 말해 주지,

존재한다는 게 무슨 뜻이냐면—

귀 기울여 듣는 방법이란 것.

무기력하진 않고: 가만히 있는.

나무 조각 하나. 돌 하나.

토론하고 논쟁하면서 왜 나를 지치게 만들어야 하나?

다른 침대에서 숨을 쉬는 사람들은

거의 따라갈 수 없었다,

통제할 수 없었기에

어떤 꿈처럼—

블라인드 사이로, 나는 바라보았다,

밤하늘의 달이 줄었다가 부풀어 오르는 것을—

나는 소명을 가지고 태어났다:

위대한 신비들에 대해

증인이 되는 것.
나는 탄생과 죽음을 모두
보았기에, 나는 알고 있다
그 어두운 본성에 대해
이것들이 신비가 아니라
증거임을―

공상

A Fantasy

네게 내 한 가지 말해 주지: 날마다
사람들이 죽어 가고 있어. 그건 시작에 불과해.
날마다, 장례식장에서는, 새로운 미망인들이 태어나,
새로운 고아들이. 그들은 두 손 모으고 앉아서,
이 새로운 삶을 고민하네.

그러다 그들은 공동묘지에 있다, 일부는
생전 처음이다. 그들은 울음에 겁먹었다,
가끔은 울지 않는 것에도. 누군가 몸을 숙여서,
그들에게 다음에 해야 할 일을 알려 주고, 그건 아마
몇 마디 말을 하거나, 때로는
열린 무덤에 흙을 던지는 일을 의미한다.

그 후, 모두가 집으로 돌아간다,
집은 갑자기 방문객으로 가득하다.
미망인은 소파에 앉아 있다, 아주 점잖게,
사람들이 줄을 서서 그녀에게 다가간다,
가끔은 손을 잡고, 가끔은 포옹을 한다.
그녀는 모두에게 뭔가 할 말을 찾고 있다,
그들에게 고마워한다, 와 주서서 고맙다고 한다.

마음으로는, 그녀는 그들이 가 주었으면 한다.
그녀는 묘지로 돌아가고 싶다,
병실로, 병원으로, 돌아가고 싶다. 그게
불가능하다는 걸 그녀는 안다. 하지만 그게 유일한 희망이라,
과거로 돌아가고 싶다는 소망. 그것도 살짝만,
결혼, 첫 키스만큼 멀게는 말고.

소설

A Novel

아무도 이 가족에 대한 소설을 쓸 수 없었다:
너무 닮은 캐릭터가 많아서. 게다가 다 여자다;
영웅은 한 명뿐이다.

이제, 그 영웅이 죽었다. 메아리처럼, 여자들은 더 오래 산다;
그들은 다 너무 터프해서 문제다.

이 시점부터, 아무것도 변하지 않는다:
영웅 없는 플롯은 없다.
이 집에서, 네가 플롯이라 하면 그건 *사랑 이야기*라는 뜻.

여자들은 플롯을 움직일 수 없다.
아, 여자들은 옷을 입고, 밥을 먹고, 외모를 가꾼다.
하지만 액션도 없고, 캐릭터의 발전도 없다.

여자들은 다 영웅에 대한 비판을
단호히 덮어 둔다. 문제는
그가 약하다는 것; 그가 나오는 장면들은
그의 기능을 보여주지 그의 본성을 보여주진 않는다.
아마도 그래서 그의 죽음이 감동적이지 않았을 것이다.

처음 그는 테이블 앞에 앉아 있다,

허수아비가 제일 필요한 자리에.

그러다 그는 죽어 간다. 조금 떨어진 곳에서 그의 아내가 입 속을 거울로 보고 있다.

놀랍다, 그들이 얼마나 바쁘게 지내는지, 이 여자들, 아내와 두 딸.

식탁을 차리고, 설거지를 하고.

저마다 심장이 칼에 꿰뚫린 채로.

노동절

Labor Day

아버지 돌아가시고 정확히 일 년이다.
작년은 더웠다. 장례식에서 사람들은 날씨에 대해 이야기했다.
구월 치고 얼마나 더웠는지. 정말 때 아닌 더위였다.

올해는, 춥다.
이제 우리만 있다, 직계 가족.
화단에는
청동 조각, 구리 조각들.

앞에서, 여동생 딸이 자전거를 탄다,
작년에 그랬던 것처럼,
인도를 오르내리며. 그 아이가 원하는 것은
시간을 보내는 거다.

남은 우리에겐
평생이 아무것도 아닌데.
어느 날, 당신은 이 하나 빠진 금발 소년이고;
다음 날은, 숨 헐떡이는 노인이다.
아무것도 아니다, 정말로,
지상에서의 한순간도 채 안 되는.

문장이 아니라, 숨 한 번, 중간 휴지.

꽃 좋아하는 사람

Lover of Flowers

우리 가족은 모두 꽃을 좋아한다.
그래서 무덤들이 참 이상하다:
꽃은 없고, 풀 자물쇠들만 있다,
가운데엔, 화강암 명판이 있고,
비문은 간결하고, 얕게 파인 글자들
가끔은 흙이 들어차 있다.
이걸 닦아 내려면, 손수건을 써야 한다.

내 여동생은, 다르다.
그건 일종의 집착. 주말이면 여동생은 엄마 집 현관에 앉아,
카탈로그를 읽는다. 매년 가을, 그녀는 현관 입구 벽돌 계단 옆에
구근을 심는다;
매년 봄, 꽃을 기다린다.
비용에 대해선 아무도 말을 않는다. 어머니가
돈을 내시는 걸로 다들 알고 있다; 결국
어머니 정원이니, 꽃은 전부 다
아버지를 위해 심었다. 두 분 모두
집을 아버지의 진정한 무덤이라 생각한다.

롱 아일랜드에서 모든 게 다 잘 자라는 건 아니다.

여름은 이따금 너무 덥고;
이따금 폭우로 꽃들이 쓰러진다.
양귀비꽃이 하루 만에 죽은 이유다,
너무 연약해서.

내 여동생 때문에 어머니는 신경이 날카롭다, 속상하다:
꽃이 얼마나 아름다웠는지 지금 어머니는 모르실 게다,
검은 반점 하나 없는 순수한 분홍. 그 말은
이제 그녀는 다시 박탈감을 느낄 거라는 뜻.

여동생으로 말하자면, 그게 바로 사랑의 조건.
여동생은 아버지의 딸이었다:
그녀에게, 사랑의 얼굴은,
외면하는 얼굴이다.

미망인들

Widows

어머니는 이모와 카드놀이를 하고 계신다,
심술과 악의 게임, 가족이 시간을 보내는 방법,
할머니가 자기 딸들에게 가르친 게임이다.

한여름: 외출하기엔 너무 덥다.
오늘, 이모가 앞선다; 이모는 좋은 패가 많다.
엄마는 집중력에 문제가 있어 끙끙대고.
엄마는 올 여름 자기 침대에 적응을 못 하신다.
작년 여름엔 아무 문제없이,
바닥에 적응했다. 거기서 주무시는 법을 배웠다
아버지 옆에서.
아버지는 죽어 가는 중이었고; 특별한 침대를 썼다.

이모는 조금도 양보 않는다, 엄마의 피로를
조금도 봐주지 않는다.
그게 이모들이 자란 방식이다: 싸우면서 존중을 표하는 것.
상대방을 덜 모욕하기 위해.

각자 왼쪽에 카드 한 더미, 손에는 다섯 장을 갖고 있다.
이런 날엔 집 안에 있는 게 좋다,

시원한 곳에 있는 것이.
이 게임은 다른 게임보다 낫고, 혼자 하는 카드놀이보다도 낫다.

할머니는 미리 생각해서; 딸들한테 준비를 시키셨다.
딸들은 카드가 있고; 또 서로가 있다.
다른 친구는 필요 없다.

오후 내내 게임은 계속되지만 해는 움직이지 않는다.
해가 계속 내리쬐며, 잔디를 노랗게 물들인다.
어머니 눈에 틀림없이 그렇게 보일 것이다.
그러다, 갑자기, 뭔가가 끝난다.

이모가 게임을 더 오래 하셨기에; 아마도 더 잘 하는 걸 테다.
이모 카드는 증발한다: 그럼 된 거다, 그게 목적이다: 결국,
아무것도 갖고 있지 않은 사람이 이긴다.

고백

Confession

나는 아무것도 두렵지 않아요, 라고 말하는 건—
사실이 아닐 거예요.
나는 병이, 굴욕이 두려워요.
누구나 그러하듯, 나는 꿈이 있어요.
그러나 꿈을 숨기는 법을 배웠지요,
성취로부터
나를 보호하려고: 모든 행복은
운명의 여신들의 분노를 끌어당기지요.
그들은 자매이고, 포악해요—
끝끝내, 질투 외엔
다른 감정이 없는 걸요.

선례

A Precedent

다른 이들을 위해 준비했던 것과 같은 방식으로,
어머니는 죽은 아이를 위해 계획을 세웠다.

부드러운 옷이 담긴 서랍장.
깔끔하게 갠 작은 재킷들.
하나하나 손바닥에 얼추 맞는 크기.

같은 방식으로 그녀는
어느 날이 그 애 생일이 될지 궁금해했다.
하루하루 지날수록, 그녀는 평범한 하루가
기쁨의 상징이 되리라는 걸 알았다.

죽음이 어머니의 인생을 건드리지 못했기에,
어머니는 뭔가 다른 걸 생각하고 있었다,
아이가 올 때 당신이 그러하듯, 꿈을 꾸면서.

잃어버린 사랑

Lost Love

내 언니는 평생을 땅에서 보냈다.
언니는 태어났고, 죽었다.
그 사이에,
단 한 번의 초롱초롱한 표정도, 단 한 문장도 없다.

언니는 아기들이 하는 걸 했다,
언니는 울었다. 하지만 젖은 안 먹으려고 했다.
그래도 엄마는 아기를 안고, 첫 운명을,
역사를 바꾸려 했다.

뭔가가 바뀌었다: 언니가 죽자,
엄마 심장은
아주 차갑고, 아주 딱딱해졌다,
자그마한 철 목걸이처럼.

내 언니의 몸은 자석이라고
그런 것만 같다고 나는 생각했다. 그게 엄마 심장을
땅으로 끌어당기는 걸 나는 느낄 수 있었다,
그래서 그게 자라도록 말이다.

자장가

Lullaby

엄마는 한 가지 일에 있어 전문가다:
자기가 사랑하는 사람들을 저 세상으로 보내는 것.
쪼끄만 것들, 아기들―이들을
엄마는 조용히 노랠 부르며 으르고 달랜다. 아버지를 위해
엄마가 뭘 하셨는지는 말할 수 없다;
그게 뭐였든 분명 옳은 일이었으리라.

한 사람이 잠들도록 준비하는 거나, 죽음을 준비하는 거나,
똑같은 일이다, 진짜로. 자장가는―다들 똑같이 말한다,
괜찮아 괜찮아, 자장가는 엄마의 심장 박동을
다른 말로 표현하는 거다.
그렇게 산 자들이 천천히 고요해진다;
죽어 가는 자들만 그러지 못하고, 거부한다.

죽어 가는 자들은 팽이 같다, 자이로스코프 같다―
너무 빨리 회전해서, 정지한 것처럼 보인다.
그런 다음 그들은 날아간다: 엄마 품속에서,
내 언니는 원자와 미립자로 이루어진 구름이었다―그게 다르다.
아이가 잠들어 있을 때는, 아이는 여전히 온전하다.

엄마는 죽음을 봐 왔다; 엄마는 영혼의 온전함에 대해선 말하지
않는다.

엄마는 아기를, 노인을 안고 있었다, 반면에 어둠은
점점 그들 주변에 단단히 자라서, 마침내 땅으로 변했다.

영혼은 모든 물질과 똑같다:
어째서 영혼은 그대로 있는지, 자유로울 수 있을 때에도
하나의 형식에 충실하게 남아 있는지?

아라라트 산

Mount Ararat

내 언니의 무덤보다 더 슬픈 것은 없다
언니 무덤 옆, 사촌의 무덤 말고는.
지금까지도, 나는 이모와 엄마를
똑바로 바라볼 수 없다,
엄마와 이모의 고통을
보지 않으려고 애쓸수록, 그게 더더욱
우리 가족의 운명인 것만 같다:
무덤마다 소녀 아이 하나를 지구에 기증한다.

우리 세대에, 우리는 결혼을 미루고, 아이 갖는 걸 미뤘다.
아이를 낳으면, 하나씩만 낳았다;
대부분, 딸이 아니라 아들이었다.

이 얘기를 우리는 전혀 하지 않는다.
하지만 어른을 묻는 건 늘 안심이다,
아버지처럼, 멀리 계신 분들.
마침내 빚을 갚았다는 신호일지도 모르겠다.

사실 아무도 이걸 믿지는 않는다.
지구와 마찬가지로, 이곳의 모든 돌은

어머니에게서 아들을 빼앗아 가기를
주저하지 않는 유대의 신에게
바쳐졌다.

외모

Appearances

어렸을 때, 부모님은 우리 초상화를 그려 주셨다,
그런 다음, 벽난로 위에 나란히 걸어 놓으셨다,
우리가 티격태격할 수 없는 곳에.
나는 까만 쪽, 더 큰 애다. 여동생은 금발에,
말을 못해서 화난 표정이다.

말을 안 해도, 나는 아무렇지 않았다.
그 점은 많이 바뀌지 않았다. 여동생은 여전히 금발이고,
초상화와 다르지 않다. 다만 우린 이제 어른이고, 분석이 된다:
우리는 우리 표정을 이해한다.

엄마는 우리를 똑같이 사랑하려고 애쓰셨다,
똑같은 드레스를 입혀 주셨고; 우리가
자매로 보이기를 바라셨다.
그게 초상화에서 엄마가 바라셨던 것:
함께 매달려 서로 마주보고 있는 걸 봐야 한다—
떨어져 있으면, 똑같은 내용을 만들지 못한다.
눈이 어디를 응시하고 있는지 모를 것이다;
우주를 응시하는 것처럼 보인다.
우리가 파리에 갔던 여름이다, 내 일곱 살 때 여름,

매일 아침, 우리는 수녀원에 갔다.

매일 오후, 우리는 가만히 앉아서, 초상화의 주인공이 되었다,

초록색 면 원피스 입고, 프릴 달린 목은 네모로 파졌다.

다반조 씨는 살색 톤을 더 칠했다: 여동생은 불그스름하고, 나는 살짝 푸르스름하다.

우리를 즐겁게 해 주려고 다반조 부인은 체리를 우리 귀에 걸어 주었다.

내가 잘하는 게 하나 있었으니: 움직이지 않고, 가만히 앉아 있는 것.

착해지려고, 엄마를 기쁘게 해 드리려고, 죽은 아이한테서 엄마 관심을 분산시키려고 그렇게 했다.

난 마음껏 아이가 되고 싶었다. 여전히 그렇다,

멈추었다 갈 수는 있지만 방향은 바꾸지 못하는 장난감 같다.

누구든 죽은 아이를 사랑할 수 있다, 부재를 사랑할 수 있다.

엄마는 강하다; 엄마는 쉬운 건 하지 않으신다.

엄마는 엄마의 엄마 같다: 가족과 질서를 중시한다,

집을 바꾸지 않고, 가끔 페인트칠만 새로 한다.

가끔은 뭔가가 깨지고, 버려지기도 하지만, 그게 전부다.

엄마는 그 파란 소파에 앉아 딸들을 바라보는 걸 좋아한다,
살아 있던 두 딸. 실제로 어땠는지는 기억 못 한다,
어떻게, 늘 한 아이를 돌보고, 그 아이를 사랑했는지,
또 다른 아이에겐 상처를 주었는지. 이렇게 말할 수도 있겠다,
엄마는 꿈을 가진, 비전을 가진 예술가 같다고.
그게 없었다면, 엄마는 갈기갈기 찢어졌을 것이다.

우리는 늘 함께 있는 초상화 같았다: 한 아이를 보려면
엄마는 다른 아이 입을 다물게 해야 했다.
화가만이 알아챘다: 이미 너무 통제되고, 너무 위축된 얼굴,
너무 순종적인, 그 맑은 눈동자는 이렇게 말한다,
엄마, 제가 수녀가 되길 원하시면, 저는 수녀가 될 게요.

믿을 수 없는 화자

The Untrustworthy Speaker

내 말은 듣지 마세요; 내 가슴이 망가졌어요.
난 어떤 것도 객관적으로 보지 않아요.

나는 나를 잘 알아요; 정신과 의사처럼 듣는 법을 배웠어요.
내가 열정적으로 말할 때
그땐 나를 가장 믿기 어려운 때랍니다.

정말 슬퍼요: 평생, 나는 칭찬을 들었는데,
내 지성과, 언어 능력, 통찰력에 대해서요.
결국에, 그것들 다 낭비되었네요—

나는 나를 보지 못해요,
현관 계단에 서서, 여동생 손을 잡고 있는 나.
그게 바로 소매 끝자락, 동생 팔의 멍에 대해서
내가 설명하지 못하는 이유.

내 마음속에서 나는 보이지 않네요: 그게 내가 위험한 이유.
나와 같은 사람들, 자아가 없어 보이는 사람들,
우린 불구자들이고, 거짓말쟁이들;
우리는 진실을 위해서라면

빠져야 하는 존재들.

내가 조용히 있으면, 그때는 진실이 떠오르는 때죠.
맑은 하늘, 하얀 솜 같은 구름.
그 아래, 작은 회색 집 하나, 빨강에다
밝은 분홍 진달래들.

당신이 진실을 원한다면, 큰딸로부터
당신을 닫아야 해요, 그녀를 차단해야 해요:
살아 있는 것이 그렇게 다치면,
가장 깊숙이 작동하다 다치면,
모든 기능이 바뀐답니다.

그게 바로 나를 믿을 수 없는 이유.
가슴에 상처가 나면
정신에도 상처가 나는 거라서요.

우화

A Fable

같은 주장을 하는
두 여인이
현명한 왕의
발치에 왔다. 여인은 둘,
하지만 아기는 하나.
누가 거짓말하고 있는지
왕은 알았다.
왕이 말한 건
아이를 반으로
자르게 하라; 그렇게 하면
아무도 빈손으로
가지는 않을 테니. 그는
칼을 뽑았다.
그러자, 두 여인
중에서, 한 여인이
자기 몫을 포기했다:
이것이
표징이자, 교훈이었다.
당신 어머니가
두 딸 사이에서 찢어지는 걸

보았다고 생각해 보라:
그녀를 구하고 당신 자신을
기꺼이 파괴하기 위해
당신이 할 수 있는 것—그녀는
누가 정당한 자식인지 알 것이다,
어머니를 가르는 걸
참을 수 없는 아이.

새로운 세상

New World

내가 봤을 때,
어머니 평생 동안, 아버지가
어머니를 억눌렀다,
발목에 묶인 개 줄처럼.

어머니는
천성이 통통 튀는 쪽;
여행 가고
영화 보고, 박물관 가는 걸 좋아했다.
아버지가 원한 것은,
〈타임〉지를
얼굴에 덮고
소파에 누워 있는 것,
그래야 죽음이 다가와도
큰 변화로 보이지 않을 것이기에.

이런 부부는
함께 뭔가를 하기로
합의가 되면,
양보하는 쪽, 주는 쪽은

늘 활동적인 쪽이다.
눈도 뜨고 싶어 하지
않는 사람과
미술관에 갈 수는 없다.

나는 아버지의 죽음이
어머닐 자유롭게 하리라 생각했다.
어떤 점에선, 그렇다:
어머니는 여행을 하고, 위대한
예술을 바라본다. 하지만 그녀는 떠다닌다.
손에서 놓친 그 순간
길을 잃은
어떤 아이의 풍선처럼.
아니면 우주선을 잃고
우주를 표류해야 하는
우주 비행사처럼
아무리 오래 가더라도
살아 있는 동안 남은 건
이게 전부란 것을 아는: 엄마는
그 점에서 자유롭다.

지구와 아무 관계없이.

생일

Birthday

매해, 엄마 생일날 엄마는 장미 열두 송이를 받았다,
오랜 팬이 보내 주는. 그가 죽은 이후에도 장미는 계속 왔다:
어떤 이들이 그림이나 가구를 남기는 것처럼,
이 남자는 꽃의 회보를 남겼다.
엄마의 아름다움을 찬미하는 신화가
그저 지하로 숨어 버렸다고 말하는 그의 방식.

처음에는 이상하게 보였다.
그러다 우리는 그에 익숙해졌다: 매년 십이월이면 집이
갑자기 꽃으로 가득 차는 것. 꽃은 심지어
예의와 관대함의 기준까지 세우게 되었다—

십 년이 지나자, 장미는 멈췄다.
하지만 그 시절 내내 나는
죽은 자가 산 자를 돌볼 수 있다고 생각했다;
이게 이례적인 것임을
나는 깨닫지 못했다; 대부분의 경우,
죽은 자들은 내 아버지 같다는 것을.

엄마는 상관 않는다, 엄마는

아버지가 전시해 보여주는 건 필요 없다.
엄마 생일이 왔다가 가고; 엄마는
무덤 옆에 앉아 생일을 보낸다.

자기가 이해한다는 걸 아버지한테 보여 주는 중이다.
아버지의 침묵을 받아들인다는 걸.
아버지는 속임수를 아주 싫어한다: 엄마는 아버지가
느끼지도 못하면서 애정의 신호를 만드는 걸 원하지 않는다.

갈색 원

Brown Circle

엄마는 알고 싶어 한다,
내가 가족을 그렇게나
끔찍이 싫어하면서,
왜 내가 고집해서
아이를 하나 낳았는지. 나는
엄마한테 대답하지 않는다.
내가 정말 싫어한 건
아이가 되는 거였다,
내가 사랑하는 사람들에 대해
아무런 선택권 없이 말이다.

아들을 사랑해야 하는 방식으로
나는 내 아들을 사랑하지 않는다.
나는 소나무 그늘에서 자라는
붉은 연령초를 발견하고는
그걸 건드리지도 않고
그걸 소유하려고도 않는
난초 애호가가 되리라
생각했다, 나라는 존재는
과학자다,

돋보기를 들고
꽃에 다가가서
태양이
그 꽃 주위로 갈색
원형 풀을
태우더라도
떠나지 않는. 그건
내 어머니가 나를
사랑했던 방식과 비슷하다.

엄마를 용서하는 법을
나는 배워야 한다,
나는 내 아들을 속수무책으로
봐주고 있기 때문에.

학교에서 돌아오는 아이들

Children Coming Home from School

1.

당신이 도시에 살고 있다면, 사정은 다르다: 버스 정류장에서
아이를 만나야 한다. 이유가 있다. 내내 혼자 있는 아이는
사라질 수 있기에, 아마 영원히 길 잃을 수 있기에.

내 여동생의 딸은 집에 혼자 걸어가고 싶어 한다; 자기가 충분히
컸다고 생각한다.
여동생 생각은 그런 큰 변화는 너무 이르다고 것;
그 아이가 할 수 있는 최선의 선택은
손잡지 않고 걷는 정도다.

그래서 그렇게 한다; 절충을 한 거다, 누구나
몇 블록 정도는 할 수 있을 테니. 내 조카는 이제
한 손이 완전히 자유롭다; 내 여동생은 말한다,
이런 식으로 걸을 수 있는 나이가 된 거면,
자기 바이올린을 잡기에 충분한 나이가 된 거라고.

2.

내 아들은 자기 불행이

내 탓이라고 비난한다, 말로
하는 것이 아니라, 집 진입로로 천천히
걸어오면서, 그 아이가 뭔가를 골똘히 바라보는
방식으로: 그 아인
내가 보고 있다는 걸 안다.
그래서 고양이한테 인사하는 거다,
자기가 애착을 줄 수 있다는 걸
내게 보여 주려고.
아버지가 개한테
딱 그렇게 하셨다.
내 아들과 나는, 침묵을 지키는 데 있어선
살아 있는 전문가들이다.
눈이 하늘을 쓸고 있다;
눈은 방향을 바꾸며, 처음엔
천천히 내려갔다가 옆으로 간다.

3.
동생과 함께 자라며 배운 한 가지는:
규칙은 아무 의미가 없다는 걸 아는 것.

조만간 네가 무얼 들으려고 기다리고 있든지, 저절로 그 말을 하게 될 거다.

그게 뭐든 중요하지 않다: *사랑해*, 아니면 *다신 말 안 해*

가끔은 같은 날 밤에, 그 모든 게 말이 되어 나온다.

그런 다음 슬쩍 끼어들어, 너는 그걸 써먹는다. 한 사람을

말에 묶어 두는 방법은 많다; 예를 들어, 약속이란 단어를 가지고도 가능하다.

하지만 너는 인내심을 가져야 한다; 기다릴 수 있어야 하고, 들을 수 있어야 한다.

내 조카는 시간이 지나면, 총명하게, 자기가 원하는 건 다 가질 수 있으리란 걸 안다.

나쁘지 않은 인생이다. 물론, 조카는 그런 재능이 있다.

시간도 있고 지능도 있다.

동물들

Animals

내 여동생과 나는
같은 결론에 도달했다:
우리를 사랑하는
제일 좋은 방법은
우리와 함께 시간을
보내는 것이 아니다.
우린 주로
낯선 사람들에게
예쁘게 보인 것 같다.
좋은 옷을 입고 있었고,
사람들 앞에서
예의도 잘 차렸다.

다른 사람이 없으면,
우린 늘 싸워댔다. 대개
큰 놈이 작은 놈 위에
앉아서는 그 앨
꼬집으며 끝이 났다.
작은 놈은
깨물었다. 사십 년이 지나도록

그녀는 늘 흔적을 남겨서
티를 낸다.

부모님은
신념이 있다: 그분들은
분노를 믿지 않았다.
실은, 여러 이유로,
그들은 스스로에게
고통을 가하지는 않았다. 온 가슴을
내어 줄 수 있는 무언가만
다치게 할 수 있는 법. 부모님은
재판소를 더 좋아했다: 아이는
아주 잘못한 일에도 스스로
형벌을 고를 수 있었다.

내 여동생과 나는
같은 편이 된 적이 한 번도 없다,
부모님한테 반항한 적도 없다.
우린
다른 데 집착했다: 일테면,

우리 둘 다
너무 많은 우리가 있어서
살아남기 어렵다고 느꼈다.

우린 마른 목초지를 나눠 가지려
애쓰는 동물들 같았다.
우리 사이엔 한 생명을
간신히 지탱할 만한
나무 한 그루만 있었다.

우리는 서로에게서
눈을 떼지 않았고
언니나 동생한테
피와 살이 되는 것에는 각자
절대 손대지 않았다.

성인들

Saints

우리 가족에 두 성인(聖人)이 있었다,

이모와 할머니.

하지만 두 분 삶은 달랐다.

할머니의 삶은 평온했다, 끝까지.

잔잔한 물속을 걷는 사람 같았다;

어떤 이유에선지

바다는 할머니를 해칠 수 없었다.

이모는 같은 길을 걸었는데,

파도가 이모를 덮쳐서, 공격했다,

진실되고 영적인 천성(天性)에게

운명의 여신들은 이렇게 응답한다.

할머니는 조심성 있고, 보수적인 분이셨다:

할머니가 고통을 피할 수 있었던 이유다.

이모는 아무것도 피하지 못했다;

바다가 밀려갈 때마다, 이모의 사랑을 낚아채 갔다.

그래도, 이모는 바다를

악하다고 느끼진 않을 것이다. 이모에게, 바다는 그저 바다다:

바다가 육지에 닿는 곳에서 바다는 폭력에 의지하게 마련이다.

노란 달리아

내 여동생은 태양 같다, 노란 달리아 같다.
얼굴 주위에 금빛 머리카락 단검들이.
회색 눈동자엔 기운이 가득.

나는 꽃을 적이라고 생각했다:
이제, 나 부끄러워.

우린 정반대인 것 같았다:
하나는 대낮처럼, 환하고.
하나는 다르다, 부정적이다.

두 가지가 있다면
하나는 더 나아야지,
그렇지 않나? 이제 나 안다,
아이들이 하는 걸 정말로
생각이라 할 수 있는지 우리 둘 다 생각했던 걸.

여동생의 딸, 여동생과
꼭 닮은 아이를 보면,
나는 부끄러워져: 어떤 것도

더 작고 독립적인 생명을 파괴하려는
충동을 정당화할 순 없다.

나는 그걸 늘 알고 있었던 것 같다.
그래서 나는 대신 나 자신을
상처 입혀야 했던 거다:
나는 정의를 믿었다.

우린 낮과 밤 같았다,
하나의 창조 행위였다.
나는 두 반쪽을,
한 아이와 다른 아이를
갈라놓을 수 없었다.

사촌들

Cousins

내 아들은 우아하다: 균형 감각이 완벽하다.
내 여동생 딸처럼 경쟁심이 심하지 않다.

여동생 딸은 밤이고 낮이고 늘 연습한다.
오늘, 유럽너도밤나무에 소프트볼을 치고
되찾아 오고, 다시 치고 있다.
조금 있으면 아무도 그녀를 보지 않는다.
그 애가 조금만 더 강했으면, 나무는 대머리가 되었을 게다.

내 아들은 그 애와 놀지 않는다; 자전거도 같이 타지 않는다.
그 애는 그걸 수긍한다; 혼자 노는 데 이미 익숙해졌다.
그 애가 보는 방식은, 개인적이지 않다:
놀이를 안 하는 사람은 지는 걸 좋아하지 않는다.

내 아들이 무능하거나 잘 못한다는 건 아니다.
아들이 경주하는 걸 지켜봤는데: 그 아인, 유유하고, 자연스럽다―
처음부터 바로, 선두를 차지한다.
그러다가 멈춰 선다. 마치 승자의 고독을
거부하기로 타고난 것 같다.
내 여동생의 딸은 그런 문제가 없다.

그녀는 일등 하는 게 좋다; 그녀는 벌써 혼자다.

천국

Paradise

나는 마을에서 자랐다: 지금은
거의 도시가 되었다.
사람들이 도시에서 왔다
단순한 뭔가, 아이들에게
더 좋은 뭔가를 찾아서.
깨끗한 공기; 근처에
작은 말 훈련소.
거리는 다
연인이나 여자 아이 이름을 따서 지었다.

우리 집은 회색, 가족을 꾸리기 위해
구입한 그런 류의 장소였다.
어머니는 아직도 거기 혼자 계신다.
외로우면, 텔레비전을 본다.

집들이 서로 가까워지고,
오래된 나무들은 죽거나 뽑혀 나간다.

어떤 면에서는, 아버지의 집도
너무 가깝다; 우린

어떤 돌에 아버지의 이름을 붙였다.
이제, 아버지 머리 위에, 풀이 깜박인다,
봄에, 눈이 녹을 때면.
그러면 라일락이 포도송이처럼, 묵직하게, 피어난다.

그들은 늘 말했다
내가 아버지와 똑같다고, 아버지가
감정에 대해 경멸하는 방식.
그들은 감정적인 부류다,
내 여동생과 어머니.

점점 더
여동생은 도시에서 와서
잡초를 뽑고, 정원을 정리한다. 어머니는
여동생이 맡아 하도록 허락한다:
여동생은 돌보는 사람, 일을 하는 사람이다.
그녀에겐 그곳은 시골 같이 보인다—
짧게 깎은 잔디밭, 색색깔 꽃들이 띠를 둘렀고.
그곳이 옛날에 어땠는지 여동생은 모른다.

하지만 나는 안다. 아담처럼,
내가 맏이였으니.
믿어라, 너는 절대 치유되지 않는다,
옆구리의 아픔은 절대 잊지 못한다,
또 한 사람을 만들려고
무언가를 빼앗긴 그곳.

우는 아이

Child Crying Out

너는 이제 잠들었다,
눈꺼풀이 떨린다.
나의 어떤 아들이
조용히 쉬기를,
한순간이라도
경계심 없이 살기를
기대할 수 있을까?

밤은 춥고;
너는 이불을 밀쳐 버렸다.
네 생각, 네 꿈에 대해서라면—

엄마가 아이의 영혼을
소유하려는 걸
나는 이해할 수 없다.

그렇게나 여러 번
나는 그런 실수를 했다
사랑에 빠져, 어떤 날것의 소리를
자신을 드러내는 영혼으로

받아들이는 일―

하지만 너와는 아니다,
내가 너를 계속 안아 줄 때도.
너는 태어났고, 너는 멀리 떨어져 있었다.

그 울음소리가 무얼 의미하든,
울음소리가 왔다가 갔다,
내가 너를 안고 있든 아니든,
내가 거기 있든 없든.

영혼은 고요하다.
영혼이 말을 한다면
꿈에서 말하는 거다.

눈

Snow

십이월 말, 아버지와 나는
뉴욕으로 가는 길이다, 서커스를 보러.
살을 에는 바람 속에
아버지가 나를 어깨에 업고 있다:
하얀 종잇조각들이
철도 침목 위로 날아다닌다.

아버지는 나를 이렇게
무동 태우는 걸 좋아하셨다,
그래서 아버지는 나를 볼 수 없었다.
나는 아버지가 보신 세계를
정면으로 똑바로 응시하던
기억이 난다;
그 공허를 흡수하는 법을
나는 배우고 있었다,
엄청난 눈이
떨어지지 않고, 우리 주위로 빙글빙글 돌고.

구제 불능 닮은꼴

Terminal Resemblance

내가 아버지를 마지막으로 뵈었을 때, 우리 둘은 같은 걸 했다.
아버지는 거실 입구에 서 계셨다,
내가 전화 끊기를 기다리시며.
아버지가 시계를 가리키지 않은 것은
대화를 하고 싶다는 신호였다.

우리에게 대화는 늘 같은 걸 의미했다.
아버지가 몇 마디 말씀하시면. 나는 몇 마디 대답했다.
그게 다였다.

팔월 말, 아주 덥고 아주 습한 날이었다.
옆집에선, 인부들이 진입로에 새 자갈을 깔고 있었다.

아버지와 나는 둘이 있는 걸 피했다;
소소한 이야기를 나누며 소통하는 법을 우린 몰랐다—
달리 다른 가능성은
없어 보였다.
그래서 이번은 특별했다: 사람이 죽어갈 때는,
주제가 있으니.

이른 아침이었다. 길 아래위로
스프링클러가 돌아가기 시작했다. 정원사의 트럭이
길 끝에서 나타났는데
곧 멈추고는 주차를 했다.

아버지는 죽어 가는 게 어떤 건지 내게 말해 주고 싶어 하셨다.
고통스럽지는 않다고 하셨다.
고통을 예상하고, 기다렸지만, 고통은 오지 않았다고 하셨다.
아버지는 일종의 나약함을 느낄 뿐이었다.
다행이라고 말씀드렸고, 아버지가 운이 좋다고 생각했다.

남편들이 차를 타고 일하러 나가고 있었다.
우리가 아는 사람들은 아니었다. 새로운 가족들,
어린 자녀를 둔 가족들.
아내들은 계단에 서서, 손짓을 하거나 전화를 했다.

우린 늘 하듯이 작별 인사를 했다.
포옹도 없었고, 극적인 건 아무것도 없었다.
택시가 오자, 부모님이 현관에서 팔짱을 낀 채
지켜보셨고, 어머니는 늘 하던 대로 손으로 키스를 보내셨다,

손을 쓰지 않으면 엄마는 당황하시기 때문에.
한 가지 다른 건 아버지가 그냥 서 계시진 않았다는 것.
이번에, 아버지는 손을 흔드셨다.

택시 문 앞에서, 나도 그렇게 했다.
아버지처럼, 내 손의 떨림을 감추기 위해 손을 흔들었다.

애도

Lament

당신이 죽은 후, 갑자기,

어떤 것에도 의견이 안 맞던 친구들이

당신 성품에 대해 같은 말을 해요.

집 안 가득 노래하는 사람들이 같은 악보를 보며

연습하는 것 같아요:

당신은 공정했고, 당신은 친절했고, 당신은 복된 삶을 살았다고.

화음 없이. 대위법 없이. 그분들이

연주자가 아닌 점만 빼고는;

진짜 눈물을 흘리네요.

다행히도, 당신은 죽었고; 그렇지 않았다면

당신은 염오감에 빠지시겠지요.

그 순간이 지나고,

손님이 눈을 닦으며 하나둘씩 나가기 시작하면,

정통파에 꽉 막혀 있던

이런 하루가 지나면,

구월 늦은 오후여도

해는 어마어마하게 밝으니—

출애굽이 시작되면,

그때가 바로

부러움이 고통스레 솟아나는 때.

살아 있는 당신 친구들이 서로를 끌어안고,
길가에서 이런저런 얘기를 나누고
해가 지고, 저녁 바람이
여인들의 숄에 주름을 남길 때—
이게, 이게, 바로
"복된 삶"이라는 뜻: 그건
현재에 존재한다는 뜻이지요.

거울 이미지

Mirror Image

오늘 밤 나는 어두운 창문에서 나 자신을
아버지의 이미지로 바라보았다, 아버지의 삶은
이렇게 속절없이 지나갔다,
죽음을 생각하며,
다른 감각적인 것들은 배제하고,
그렇게 결국에 가서 삶은
아무것도 없으니, 포기하기
쉬운 것이었다고: 심지어
어머니의 목소리조차도 아버지를
바꾸거나 되돌릴 수 없었다,
아버지가 믿었듯이
다른 사람을 사랑할 수 없는 사람은
이 세상에 설 자리가 없으니.

학교에서 돌아오는 아이들

Children Coming Home from School

내가 학교에 들어간 그해, 내 여동생은 먼 거리를 걷지 못했다.
매일, 엄마는 유모차에다 여동생을 태웠다; 그리고
엄마와 여동생은 길모퉁이까지 갔다.
그렇게, 학교가 파하면, 나는 엄마와 여동생을 볼 수 있었다; 엄
마가 보였다,
처음엔 흐릿하게 그러다 팔이 있는 형상으로.
나는 아주 천천히 걸었다, 아무것도 필요 없는 듯 보이려고.
여동생이 나를 부러워한 이유다―여동생은 몰랐다,
얼굴로, 몸으로 거짓말을 할 수 있다는 걸.

우리 둘 다 잘못된 자세를 하고 있다는 것도 여동생은 몰랐다.
여동생은 자유를 원했다. 반면에 나는 애처로운 방식으로
유모차를 계속 탐냈다. 그 말인 즉,
평생을 그랬다.

그런 점에서, 이런 건 내 주목을 못 받았다: 그 모든 기다림, 내
여동생을
제지하려는 엄마의 모든 노력들, 그 모든 부름, 손 흔들기,
그런 점에서, 내게는 이제 집이 없었기에.

아마존 여전사들

Amazons

여름의 끝: 가문비나무가 초록 새싹을 내밀고 있다.
그 외 다른 건 다 금빛이다—그걸로 성장하는 계절의 끝을 안다.
죽어 가는 것과 막 피어나는 것 사이 일종의 대칭이다.

우리 가족에겐 민감한 시기, 늘 그랬다.
우리도 또한 죽어 가고 있으니, 부족 전체가.
여동생과 나, 우리는 무언가의 끝에 와 있다.

이제 창문이 어두워진다.
비가 내린다, 비는 무겁고 꾸준하다.

식당에서 아이들은 그림을 그린다.
앞이 보이지 않을 때: 우리가 하던 일,
우리는 그림을 그렸다.

끝이 보인다: 지나고 있는 것은 바로 이름이다.
우리가 끝내고 나면, 끝이 난 것이고, 이름은 죽은 언어가 된다.
언어는 그렇게 죽는다, 더 이상 불릴 필요가 없기에.

여동생과 나, 우리는 아마존 여전사들 같다,

미래가 없는 부족.

그림 그리는 아이들을 가만히 바라본다: 내 아들과 여동생 딸.

우린 부드러운 분필을 썼다, 사라져 가는 도구.

천상의 음악

Celestial Music

아직도 천국을 믿는 친구가 있다.

어리석은 이는 아니나, 그녀가 아는 모든 걸 가지고, 그녀는 말 그대로 신과 대화한다,

천국에서 누군가가 듣고 있다고 생각한다.

지상에서 그녀는 아주 유능하다.

용감하기도 해서, 불쾌한 일에 맞설 수 있다.

우리는 흙 속에서 죽어 가는 애벌레와 그 위를 기어가는 욕심 많은 개미들을 발견했다.

나는 늘 약함이나 재앙에 마음이 가고 활력엔 늘 반대하고 싶다.

하지만 소심해서 눈도 빨리 감는다.

반면 내 친구는 지켜볼 줄을 알아서, 순리에 따라

사건들이 작동하도록 둔다. 나를 위해, 내 친구가 개입했다,

개미 몇 마리를 그 찢겨진 것에서 살살 떼어 내서 그 애벌레를 길 건너에 두었다.

내 친구는 내가 신에 대해 눈을 감고 있다 말한다, 현실에 대한 내 반감을 다른 걸로는 설명할 수 없다고. 내가 마치

보지 않으려고 머리를 베개에 파묻는 아이 같다고 말한다,

빛이 슬픔을 가져온다고

스스로 되뇌는 아이—

내 친구는 엄마 같다. 끈질기게, 내게 재촉한다,

깨어나라고 자기 같은 용감한 사람이 되라고—

꿈속에서, 내 친구가 나를 책망한다. 우리는

같은 길을 걷고 있다, 지금이 겨울인 것만 빼고는 똑같다;

친구는 내가 세상을 사랑하면 천상의 음악이 들릴 거라고 한다:

고개를 들어 봐, 친구가 말한다. 고개를 드니, 아무것도 없다.

구름과 눈, 나무에서는 순백의 일들,

엄청난 높이로 뛰어 오르는 신부들 같다—

그럴 때 나는 그 친구가 무섭다; 나는 친구를 바라본다,

친구는 일부러 땅에 던진 그물에 붙잡힌 것 같다—

현실에서, 우리는 길가에 앉아서, 해가 지는 걸 본다;

이따금씩, 새소리가 정적을 뚫는다.

바로 이 순간, 우리 둘 다 설명하려고 애를 쓴다,

우리가 죽음에도, 고독에도 편안하다는 사실을.

내 친구는 땅에다 동그라미를 그린다; 그 애벌레는 움직이지 않는다.

내 친구는 늘 온전한 무언가, 아름다운 무언가, 자기를 빼고도
삶이 가능한 어떤 이미지를 만들려고 애쓴다.

우린 아주 조용하다. 여기 말없이 앉아 있으면 평화롭다. 구도는
변함없고, 길이 갑자기 어두워지고, 대기는 서늘해지고, 여기저
기서 바위들이 반짝반짝 빛나고 있다—

우리 둘 다 좋아하는 건 바로 이 고요함이다.

형식을 사랑하는 건 끝을 사랑하는 것이다.

최초의 기억

First Memory

오래 전, 나는 상처를 입었다. 나는
살았다 복수하려고
아버지에게, 그 시절의
아버지 때문이 아니라—
그 시절의 나 때문에: 까마득한 옛날부터,
어린 시절, 나는,
고통이란 내가 사랑받지
못했다는 뜻이라 생각했다.
그건 내가 사랑했다는 뜻이었다.

아라라트 산

초판 1쇄 인쇄일 2023년 10월 31일
초판 1쇄 발행일 2023년 11월 8일

지은이 루이즈 글릭
옮긴이 정은귀

발행인 윤호권
사업총괄 정유한

편집 구민준 **디자인** 김효정 **마케팅** 정재영 명인수 윤아림 김솔희 이아연 김진규
발행처 ㈜시공사 **주소** 서울시 성동구 상원1길 22, 7-8층(우편번호 04779)
대표전화 02-3486-6877 **팩스(주문)** 02-585-1755
홈페이지 www.sigongsa.com / www.sigongjunior.com

ISBN 979-11-7125-166-7 03840

시공사에서 만나는
루이즈 글릭 시집들

만이

루이즈 글릭
데뷔작

습지 위의 집

문단의 찬사를 받은
두 번째 시집

내려오는 모습

신화적 요소가
두드러지는 시 세계

아킬레우스의 승리

전미 비평가상

야생 붓꽃

퓰리처상

목초지

가족 안에서 경험하는
감정의 파고

"꾸밈없는 아름다움으로 개인의 존재를 보편화하는
분명한 시적 목소리를 낸 작가."

_ 한림원

새로운 생

계속 나아가려는 강인함이
드러나는 시집

일곱 시대

자신의 죽음을 정면에서
바라보는 시집

아베르노

PEN
뉴잉글랜드상

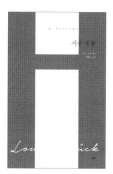

시골 생활

비관과 기쁨을 오가는
삶을 이야기한 시집

신실하고 고결한 밤

전미도서상

협동 농장의 겨울 요리법

노벨문학상 이후
첫 시집

아라라트 산

A r a r a t

아라라트 산

작품 해설 끝내 보지 못하고 오른 아라라트 산_정은귀

시공사

끝내 보지 못하고 오른
아라라트 산

정은귀

올 여름, 내 유일한 목표는 아라라트 산을 보러 가는 것이었다. 봄 내내 그 꿈에 마음이 부풀어 올라 여름방학을 기다렸다. 아라라트 산은 튀르키예에서 가장 높은 산이다. 1840년에 마지막 분화를 하고 지금 잠시 쉬고 있다고 한다. 아르메니아 국경 쪽에 있어서 조지아 쪽에서도 바라볼 수 있다고 하는데, 지금 여행으로 직접 가 보기는 쉽지 않다. 하지만 아라라트 산이 가장 잘 보이는 곳에 가서 끝내 그 산의 끝자락이나마 호흡하고 오려고 마음먹었더랬다. 왜 이리 나는 아라라트 산을 보러 가고 싶어 했나?

아라라트 산은 창세기에 나오는 산으로 노아의 방주가 대홍수 끝에 표류하다가 닿은 산이다. 노아의 방주가 안착함으로써 인류가 하느님과 최초로 계약을 맺은 곳, 그곳이 바로 아라라트 산이다. 지금은 튀르키예 영토에 속해 있지만 아르메니아인들이 민족의 성지처럼 여기는 곳이라고 한다. 마치 우리나라의 백두산 같다고나 할까.

그래서 그 산을 멀리서라도 보고 싶었다. 조지아 여행은 그렇게 나의 봄을 한껏 부풀게 한 커다란 꿈이었다. 그런데 그 산을 가 보지 못했다. 그리고 여름이 갔다. 바로 아라라트 산 때문에 나는 아라라트 산을 보는 여행을 취소했다. 사연은 이러하다.

올 여름, 내 또 다른 목표는 《아라라트 산》을 오르는 것이었다. 괄호가 붙었다는 건 그냥 아라라트 산이 아니라 그 제목을 가진 책을 의미한다. 그렇다. 《아라라트 산》은 루이즈 글릭의 다섯 번째 시집이다. 연구자로서나 시의 독자로서 글릭의 시를 읽고 또 대학 교실에서 글릭의 시를 가르쳤지만, 2020년 글릭에게 노벨문학상이라는 큰 상이 주어지지 않았다면 글릭의 시가 이렇게 한국어라는 다른 언어의 옷을 입고 우리 독자들을 만나는 일은 영영 불가능했을 것이다. 시인은 상을 타기 위해 시를 쓰지는 않지만, 때로 큰 상은 어떤 새롭

고도 뜻깊은 만남을 가능하게 한다. 루이즈 글릭의 시처럼.

　여러 해 글릭의 시를 처음부터 끝까지 반복해서 읽으면서 될수록 빨리 완성도 높은 상태로 독자들의 궁금증을 덜어 드리려고 계획했기에 《아라라트 산》을 오르는 일은 여름의 큰 과제 중 하나였다. 테트리스처럼 빼곡하게 채워진 빠듯한 일정 가운데 총총걸음을 걷는 심정으로 이런저런 일을 하면서도 글릭의 시 번역은 어쨌든 끝내야 했다. 그래서 나는 지금 이렇게 역자 후기를 쓰고 있고, 그래서 나는 아라라트 산을 끝내 보지 못하고 올랐다고 이야기한다.

　글릭의 다섯 번째 시집 《아라라트 산》은 1990년에 출간되었다. 1985년에 나온 《아킬레우스의 승리》 이후 5년 만이다. 글릭은 정말 차곡차곡 시를 썼고 꾸준하게 출간했다. 1968년에 《맏이》, 1975년에 《습지 위의 집》, 1980년에 《내려오는 모습》, 1985년에 《아킬레우스의 승리》, 1990년에 《아라라트 산》, 가만히 보면 주로 5년 주기로 시집을 한 권씩 냈다. 《아라라트 산》 다음에는 2년 만에 《야생 붓꽃》을 냈다. 1992년의 일. 《야생 붓꽃》은 글릭에서 퓰리처상을 안겨 주었고, 글릭의 대표작이 된다.

　그리고 다시 4년 후, 1996년에 《목초지》, 그리고는 3년 후인 1999년에 《새로운 생》, 2년 후 2001년에 《일곱 시기》, 그리고는 다시 5년 후인 2006년에 《아베르노》, 3년 뒤인 2009년에 《시골 생활》, 그리고 다시 5년 후인 2014년에 《신실하고 고결한 밤》을 냈다. 그 사이에 시인은 2020년 노벨문학상을 탔고, 2021년에 《협동 농장의 겨울 요리법》을 출간했다. 시인의 나이 78세였다. 스물다섯 나이에 첫 시집을 내고 13권의 시집을 이렇게 긴 세월 차곡차곡 낸 힘이 어디에서 왔을까? 어느 인터뷰에서 시인은 인내에 대한 이야기를 하는데, 시인에게 시의 언어는 자주 상실과 슬픔, 고통에 무릎 꿇는 삶을 견디게 한 가장 중심 되는 힘, 인내의 원천이었을 것이다.

첫 시집에서 사랑과 젊음이 남긴 상흔을 거칠거칠한 질감의 파편적인 문장으로 토로한 시인은 이후 차츰 다정하고 다사로운 시편들을 많이 쓴다. 그 시절을 비평가들은 젊음의 파고를 막 넘은 후 비교적 평온하게 작가로서 글을 쓰며 행복한 결혼 생활을 하던 시기로 본다. 그런데 다섯 번째 시집 《아라라트 산》은 다시금 그런 다감함과는 자못 거리가 있다. 많은 시들이 죽음을 중심으로 돌고 있다. 시인 개인의 삶에서는 아버지의 죽음이 있었다. 글릭은 아버지를 닮은 딸이었다.

죽음은 단순히 자신이 사랑하던 사람의 죽음만은 아니다. 우리는 매일 죽음을 목도한다. 죽음을 보내고 맞는다. 세 번째 시집 《내려오는 모습》에서 글릭은 물에 빠져 죽은 아이, 겨울 연못에 둥둥 뜬 죽은 아이의 머플러 등을 통해 부재를 비감한 시선으로 기록한다. 실상 글릭의 의식 저변에는 자신이 태어나기도 전에 죽은 언니를 비롯하여 수많은 죽음들이 주름처럼 남아 있기에 죽음이 글릭의 시를 설명할 때 크게 색다른 단어는 아니다. 그걸 감안하고 읽더라도 《아라라트 산》에는 많은 죽음들이 그 검은 그림자, 죽음이, 부재가 몰고 오는 슬픔이 시집에 켜켜이 가득하다. 어떻게 할 수 없는 어둠이다. 우리는 묻지 않을 수 없다. 죽음은 어떻게 오는가? 죽음 이후엔 무엇이 남는가?

죽음과 삶이 함께하는 이 세계에서 죽음 이후를 이야기하는 방식에 있어서 글릭은 정말이지 거침없고 담대한 시인이다. 이런 구절은 어떤가? "엄마는 한 가지 일에 있어 전문가다; / 자기가 사랑하는 사람들을 저 세상으로 보내는 것." 시 〈자장가〉의 시작 부분이다. '자장가'는 무엇인가? 아기를 재우는 엄마의 노래, 세상 가장 부드럽고 다정한 노래가 아닌가? 그 시를 시인은 이렇게 시작한다. 이건 놀라움이란 단어로도 부족한 어떤 서늘한 느낌을 준다.

> 엄마는 한 가지 일에 있어 전문가다:
> 자기가 사랑하는 사람들을 저 세상으로 보내는 것.
> 쪼끄만 것들, 아기들─이들을
> 엄마는 조용히 노랠 부르며 으르고 달랜다. 아버지를 위해
> 엄마가 뭘 하셨는지는 말할 수 없다;
> 그게 뭐였든 분명 옳은 일이었으리라.

〈자장가〉 부분

시의 시작 부분에서 사랑하는 이를 저 세상으로 보내는 엄마의 전문적인 일, 엄마는 언니를 저 세상으로 보냈고, 이제는 아버지를 저 세상으로 보낼 준비를 하고 계신다. 시인은 말한다. 한 사람이 잠들도록 준비하는 것이나 죽음을 준비하는 것이나 다 똑같은 일이라고. 진짜 그렇다고. 그러면서 자장가를 들려준다. "괜찮아, 괜찮아"라고.

영어로 된 원시에서 "don't be afraid"라고 한 번, 이탤릭체로 그것도 'd'를 소문자로 하여 표현된 구절을 나는 '괜찮아'를 두 번 반복하는 방식으로 옮겼다. 내게 있어 '두려워 말라'는 말, '겁먹지 말라'는 말은, '괜찮아'라는 말과 같다. 어떤 큰 일 앞에서 누군가가 긴장하거나 떨고 있으면, 나는 늘 '괜찮아, 다 잘 될 거야'라고 말해 준다. 여기서는 '괜찮아'를 두 번 반복함으로써 엄마가 아가를 잠재울

때 들려주는 자장가의 음률을 살리려고 했다. 그렇다고 "자장, 자장" 하는 건 너무 의미를 앗아가고, 또 그 자리가 아버지를 보내 드리는 죽음의 침상 앞에 있는 자리와도 겹쳐지게 그려지므로 "괜찮아, 괜찮아"를 택했다. 고심 끝의 선택이었다. 시인은 그렇게 자장가를 "엄마의 심장 박동"을 다른 말로 표현하는 거라고 말한다. 내게도 엄마의 심장 박동은, "괜찮아, 괜찮아"라는 말이다.

그 시의 마지막에서 시인은 영혼에 대해 이야기한다.

영혼은 모든 물질과 똑같다:
어째서 영혼은 그대로 있는지, 자유로울 수 있을 때에도
하나의 형식에 충실하게 남아 있는지?

〈자장가〉 부분

사람이 죽으면 어떻게 되는가? 몸은 삭고 썩는다. 지금의 장례 형식에서는 몸이 삭기도 전에 불에 태워진다. 튼튼한 뼈와 살이 있던 몸이 불에 태워져 가루가 되고 원자가 되고 흩어지고 분해되면 영혼도 그와 함께 가지 않을까? 자유로울 수 있을 때에도 영혼은 왜 그대로 남아서 하나의 형식에 충실하는지 시인은 묻는다. 그 형식이란 무얼까? 그렇다면 시인은 몸이 떠나도 남아 있는 영을 믿는 것인가?

이런 질문을 바꾸어서 해 보자. 사랑하는 사람이 떠난 자리에는 무엇이 남는가? 〈생일〉은 좀 독특한 시다. 엄마를 오랫동안 사모하던 팬이 꽃을 보내온다고 한다. 심지어 그가 죽은 이후에도. 아버지가 한 번도 하지 않았던 일이라는 말로, 어머니에게 꽃을 보내는 사

람이 아버지가 아님을 알 수 있다. 어머니 생일에 꽃을 보내는 사람이 누굴까? 어머니를 짝사랑하는 사람일까? 혹은 죽은 아버지를 대신해서 딸이 보내는 것일까? 그 시절이 10년이라고 시의 화자는 말한다.

12월, 어머니 생일에 장미가 도착하던 그 10년의 시간을 시의 화자는 이렇게 쓴다. "10년이 지나자 장미는 멈추었지만 / 그동안 나는 / 죽은 자도 산 자를 돌볼 수 있다고 생각했다"라고. 물론 이것은 이례적인 것이다. "대부분의 경우엔 / 죽은 자도 내 아버지와 같았"으니까. 이 말로 미루어 보아, 아버지는 어머니의 생일에 꽃을 주던 사람이 아니었을 것이다. 다시 생일이 돌아오고, 어머니는 아버지의 무덤에 앉아 있다. 어머니는 아버지한테 '나 다 이해해요'라는 마음으로 말을 건넨다. 거짓말을 하거나 과장으로 보여 주는 건 질색이던 아버지였으니. 어머니는 죽음 이후의 아버지를 그렇게 껴안는다. 살아서 데면데면했던 어머니와 아버지는 이렇게 죽음 이후에 하나로 묶인다. 무덤 옆에서 말이다.

《아라라트 산》은 죽음을 통해 보여 주는 일종의 가족 비극의 서사 같다. 아버지를 죽음으로 떠나보내는 크나큰 상실, 그리고 가족 서사 안에서 짐작할 수 있는 평소의 분위기, 남은 가족들에게 여전히 도사리고 있는 불안들. "오래 전, 나는 상처를 입었다"로 시작하는 첫 시의 제목은 '파라도스'(Parados)다. 파라도스는 고대 그리스 연극에서 코러스가 오케스트라로 입장하면서 부르는 노래를 말한다. 동시에 코러스가 입장하는 양쪽 통로를 말하기도 한다. 이곳으로 코러스가 등장하고 또 퇴장하는 것이다.

이 첫 시, 첫 구절은 《아라라트 산》의 전체 분위기를 만드는 그리스 극의 파라도스다. "오래 전, 나는 상처를 입었다 / 나는 배웠다,

／ 그 반작용으로, 세상과 ／ 단절해서 ／ 존재하는 법을"이라는 말로 시인은 세상과 선을 긋고 선 어떤 자세를 말해 준다. 그렇다고 하여, 단절해서 존재하는 것이 완전한 결별을 이야기하는 건 아니다. 바로 뒤이어 "내 말해 주지, ／ 존재한다는 게 무슨 뜻이냐면— ／ 귀 기울여 듣는 방법이란 것"이라고 비록 말은 하지 않지만 듣는 귀는 열어 놓는 식으로 소통의 가능성을 열어 놓는다.

상처 입은 자가 입을 닫을 때 우리는 그가 모든 것을 닫았다고 생각하기 쉽다. 하지만 그렇지 않다. 글릭은 상처 입은 자의 침묵은 바깥과의 완전한 결별이 아니라고 말한다. 귀 기울여 듣는 한, 그는 죽은 것이 아니다. 그를 비롯한 우리는, 적어도 어떤 가능성이 있는 것이다.

글릭이 첫 시의 말미에 상처 입은 자의 소명을 말하는 것은 우리에게 어떤 가능성을 주기 위해서다. 상처 입힌 자까지도 포함하여. 상처 입은 자의 소명은 달리 말하면 탄생과 죽음을 모두 본 사람의 소명이다. 그것은 사람을 지치게 하는 토론과 논쟁을 일삼는 것이 아니라, 위대한 존재들의 신비를 증거로 보여 주는 사람이 되는 것이다. 신비가 아닌 "증거"라는 말을 강조하면서 시는 끝나는데, 그렇다면 우리는 물어 본다. 그 소명이 바로 시인이 되는 것이었던가? 그렇다면 이 시집은, 노아의 방주가 닿은 '아라라트 산'은, 거기서 신과 최초의 계약을 맺은 인류는, 바로 시인됨의 소명을 말하는 것인가? 시인은 무엇을 기록하고 무엇을 증거해야 하는가? 글릭은 언젠가 젊은 날에 재미로 점을 본 적이 있다고 말한다. 점쟁이가 글릭이게, 좋은 시인이 될 거라고, 아주 잘 될 거라고, 다섯 권의 시집을 내게 될 거라고 말했다고 한다. 점쟁이의 말에 따르면 《아라라트 산》은 다섯 번째 시집, 그러니까 시인의 마지막 시집이 되었어야 했다. 시인은 시인으로서 남겨야 했던 것들을 마지막이 될 지도 모를 이 시집에 다 담았을까?

이 질문들이 바로 《아라라트 산》을 번역가로서 오르는 올 여름, 나를 지탱해 주었다. 글릭의 시를 설명하는 많은 단어들 중에는 서로 배치되는 개념이나 함께 가는 것들이 있다. 그중 하나가 열정적인 엄격함이다. 열정과 엄격함이 같이 갈 수 있는가? 열정은 엄격함과 거리가 있는 단어로 생각하기 쉽지만, 열정은 엄격함을 가능하게 하는 중요한 힘이다. 열정적인 엄격함과 마찬가지로 시인 글릭의 탁월함을 묘사하는 많은 말들은 서로 대비되고 반대되는 개념들이 함께 오는 데서 완성된다. 가령 글릭의 시는 멋지고 좋은 것을 바라보는 기쁨을 희희낙락하지 않고 희미하게 만들고, 비극적이고 참담한 것을 울지 않는 건조한 목소리로 이야기하여 희미하게 만든다.

글릭은 시를 통해 어떻게든 이 세계의 평형을 맞추려고 한다. 희극과 비극의, 기쁨과 슬픔의, 비참과 행복의, 성공과 실패의, 진실과 거짓의, 진짜와 가짜의, 밝음과 어둠의, 최고와 최악의, 아이와 어른의, 탄생과 죽음, 기억과 망각의. 이 모든 대립항들에 대해 글릭은 어떻게든 균형을 맞추려고 한다. 마치 반드시 그래야만 하는 것처럼.

늙음과 젊음도 비슷하다. 글릭의 시에서 아이는 이미 죽었고, 아이는 이미 진리를 알아 버렸다. 어른은 철이 덜 들었고, 끝까지 철들지 않는 아이의 아이 같다. 1968년 《맏이》에서 시 〈코튼마우스 컨트리〉에서 글릭은 "죽음이 아니라, 탄생이 가장 힘든 상실이다"라고 썼는데, 탄생이란 무엇인가? 탄생은 새로운 존재가 태어나고 깨어나는 과정인데, 그 중간 과정이 잔인할 정도로 고통스러울 수 있다.

이 세상에 나고 자란 존재는 어느 때는 또 사랑을 한다. 사랑은 때로 돌이킬 수 없는 훼절의 고통을 안겨 준다. 초기 시부터 일관되

게 글릭이 맞추어 온 평형수가 《아라라트 산》에서는 어떤 변주를 하는가? 이 시집은 어떤 면에서는 아라라트 산의 존재 자체에 의문을 제기하는 것도 같다. 노아의 홍수 기간 동안 노아의 방주가 그 무시무시한 홍수를 뚫고 안착한 곳으로 자주 언급되는 아라라트 산은 일상적으로는 희망과 기쁨, 자유와 생명을 상징한다. 노아의 제단과 포도밭이 있는 곳이기도 하다.

하지만 글릭은 아라라트 산이라는 신화의 대상을 시집의 발판으로 삼지만, 그 기원과 타당성에 대해서 끝까지 회의한다. 가족과 민족의 역사를 공유할 수 있는 장소지만 동시에 가장 깊은 슬픔의 연원이 되는 곳, 그래서 시집의 공간이 되는 아라라트 산은 이 세계의 공동묘지 같다. 성스러운 희망의 장소를 택하되, 그를 또 죽은 자와 연결하여 다른 색채를 덧입히는 일. 그런 식으로 보면 이 시집은 기쁨을 갈망하지만 그 갈망에 늘 도사리는 가혹함과 생의 배반이라는 이중성을 다룬다. 아무리 사랑하는 사람도 죽는다. 사랑의 가장 큰 배반이 죽음이고, 우리는 살면서 그 배반을 어떻게 대면하는가를 늘 질문할 수밖에 없다.

다른 한편, 창세기에서 노아의 방주가 닿은 공간, 아라라트 산을 주된 무대로 끌고 오면서 글릭은 이 공간을 수많은 여성들의 호흡으로 채운다. 시 〈소설〉에서 이야기의 주인공인 남성은 죽었다. 주인공이 죽으면 이야기는 어떻게 되는가? 아무것도 남지 않는다. 《아라라트 산》의 페이지에서 죽은 남자의 부재의 자리에는 딸, 자매, 어머니, 이모, 할머니 등 수많은 여성들에 대한 이야기로 가득하다. 여성이 영웅이 될 수 없다는 흔한 통념을 뒤집고, 시인은 잠재적인 영웅이었던 아버지를 대신하여 다른 여성들로 그 부재를 이어간다. 마치 아버지를 꼭 닮은 자신이 죽은 아버지를 잇듯이 말이다. 아버지의 존재감은 그렇게 죽음 이후에 시집 전체에서 합창처럼 흐른다. 시집 도처에 스며 있는 부재와 고통과 상처와 좌절의 흔적들은 지금 시대의 영웅의 기본 값이 어쩌면 상처와 고통이 아닌가 하는 느낌마저 준다. 고대의 영웅서사가 내세운 화려한 모험은 여기에 없지만, 어쩌면 우리에게 모험이란 이 비루한 하루하루를 채워 가는 일이 아닌가.

시집을 여는 시 〈파라도스〉에서 상처를 입었으나 듣는 귀를 열어 둔 주인공을 내세운 시인은 마지막 시 〈최초의 기억〉으로 다시 돌아간다. 나는, 이 한 편의 시만으로도 이 시집은 온전히 충분히 가치가 있다고 생각한다.

오래 전, 나는 상처를 입었다. 나는
살았다 복수하려고
아버지에게, 그 시절의
아버지 때문이 아니라―
그 시절의 나 때문에: 까마득한 옛날부터,
어린 시절, 나는,
고통이란 내가 사랑받지
못했다는 뜻이라 생각했다.
그건 내가 사랑했다는 뜻이었다.

〈최초의 기억〉 전문

상처 입은 내가 다시 등장한다. 상처 입은 나는 살아간다. 복수하려고, 그 상처를 준 아버지, 내가 가장 닮은, 내 유전자를 가장 많이 물려준 아버지, 그 아버지에게 복수하려고. 이 시집 전체를 관통

하는 죽음의 이미지를 넘어 시인은 사랑을 이야기한다. 결국 최초의 기억도 사랑이었고, 마지막 질문도 사랑이다.

그리고 시인은 말한다. 사랑은 사랑하는 대상이 아니라 사랑하는 자신의 문제란 것을. 사랑을 탐구하는 일은 사랑하는 자신을 탐구하는 일이다. 우리는 대개 사랑하는 대상에 대해서만 끝없이 파고들지만 말이다. 다시 물어본다. 사랑이란 무엇인가? 사랑은 관대함이고 수긍이고 용서다. 사랑은 자신을 용서하는 일이다. 9행에 불과한 짧은 시로 시인은 이 책을 완벽하게 완성한다. 고통과 그리움, 분노와 좌절, 차가움과 고요함으로 가득 찬 이 시집의 마침표를 찍는 시. "어린 시절, 나는 / 고통이란 내가 사랑받지 못한다는 뜻이라고 생각했다"고 고백한 다음에, 오랜 세월 많은 질문과 경험을 통하여 마침내 어떤 결론에 다다른다. "고통이란 내가 사랑한다는 것을 의미했다"고. 사랑은 고통 안에서 두려움과 그리움과 갈망과 허기 속에서 표현될 수 있다. 사랑의 얼굴을 아는 시인 글릭의 사랑 시. 죽음을 넘어선 사랑의 시는 이렇게 완성된다.

올 여름, 내 유일한 목표는 아라라트 산을 보러 가는 것이었다. 올 여름, 내 또 다른 목표는 《아라라트 산》을 오르는 것이었다. 아라라트 산을 보러 가기로 한 여행을 마지막에 가 끝내 취소하게 된 결정적인 이유는 다른 데 있었기에 《아라라트 산》 때문에 아라라트 산을 보지 못했다고 할 수는 없다. 하지만 아라라트 산은 보지 못하고 이렇게 《아라라트 산》에 대한 역자 후기를 쓰고 있으니 아라라트 산을 보지 않기로 한 결단이 《아라라트 산》을 샅샅이 오르게 했다고 말해도 될는지. 아라라트 산을 실제로 보았다면 내 역자 후기가 좀 달라졌을까? 조금 다른 색채가 들어갔을까 살짝 궁금하긴

하다.

　하지만 텍스트와 충실히 마주하는 역자의 운명으로선 아라라트 산을 직접 보는 대신에, 시집 속에 매일 들어가 있던 길고 무더운 여름날이 그 자체로 좋았다. 시 하나하나를 마주하면서 슬프고 아릿하고 짜릿하고 아프다가 마음이 수굿하게 놓이는 신비. 그 다채로운 느낌을 마치 등산하는 길의 다른 호흡처럼 맛보았다. 13권의 시집 중에 글릭의 대표작을 고르는 것은 늘 어려운 일이지만, 나는 《아라라트 산》이야말로 시인으로서 글릭을 있게 한 크나큰 방주라고 생각한다. 마지막 시집이 될지도 모를 《아라라트 산》에서 큰 호흡으로 죽음을 딛고 난 후, 글릭은 《야생 붓꽃》의 세계로 들어갔들어갔다. 《야생 붓꽃》에서 피어난 그 수많은 꽃들이 죽음을 딛고 난 존재, 산산이 부서진 존재들의 발화였던 것은 우연이 아니다. 그렇다. 글릭은 자신의 마지막 시집이 되었을지도 모를 시집을 죽음을 건너는 것처럼 쓰고, 《야생 붓꽃》으로 다시 새로운 시인이 되었다.

　그렇다면 노아가 아라라트 산에서 맺은 어떤 계약을 글릭은 자신만의 '아라라트 산'에서 맺은 것이라고 봐도 될까? 글릭이 젊은 날에 만난 점쟁이는 반은 맞고 반은 틀렸다. 글릭은 좋은 시인이 되었다. 단 다섯 권의 시집만을 출간하는 것이 아니라 무려 13권의 시집을 출간한 시인이. 아마 글릭은 지금 이 시간에도 시를 쓰고 있을 것이다. 자기만의 계약을 이행하는 글릭의 아라라트 산은 튀르키예에 있지 않고 글릭의 책상, 시인 글릭의 종이 위에 있을 것이다. 나의 아라라트 산이 지금 이 하얀 블랭크 화면인 것처럼 말이다.